2

푸른사상
시선

오두막 황제

조재훈 시집

푸른사상
PRUNSASANG

푸른사상 시선 2

오두막 황제

인쇄 2010년 8월 20일 | 발행 2010년 8월 30일
지은이 · 조재훈 | **펴낸이** · 한봉숙 | **펴낸곳** · 푸른사상사

등록 제2-2876호
주소 서울시 중구 을지로3가 296-10 장양B/D 7층
대표전화 02) 2268-8706(7) | **팩시밀리** 02) 2268-8708
메일 prun21c@yahoo.co.kr / prun21c@hanmail.net
홈페이지 www.prun21c.com

@ 2010, 조재훈

ISBN 978-89-5640-767-8 03810
ISBN 978-89-5640-765-4 04810 (세트)

값 8,000원

오두막 황제

탕아가 돌아왔다. 십여 년 만이다. 찐하다. 물어보고 싶은 것을 나에게 묻는다. 너는 무엇이냐, 역시 탕자다.

훑어보니 말이 헤프지 싶다. 그로부터 꽤 오래된 것도 있다. 문득 불가의 점철성금(點鐵成金)이라는 말이 떠오른다.

시라는 길을 참 많이 맨발로 걸어왔다. 호젓하고 아픈 길이다. 거개 나의 길동무는 낮달이나 바람, 돌 또는 초록빛이었다.

서로 헤어진 이산가족을 만나게 힘써준 시인 이은봉과의 이승의 인연을 생각한다. 산다는 일, 왠지 쓸쓸할 뿐이다.

밖은 비가 내리고 있다. 아직 춥고 어둡다. 참으로 오랜만에 가만히 빗소리를 듣고 싶어진다.

경인, 공주

5

| 차례 |

제2부   가난한 평화

제3부 거친 꿈

제4부 눈발 흩날리는 날엔

제1부

빼앗긴 바다

봄밤

1

홀어미 홀로 자는
그믐밤 뒷산에
밤꽃이 피었다야
사타구니 기어오르는
먹구렁이 꿈에 감겨
어질머리 밤꽃이
저 혼자서 피었다야

2

홀아비 홀로 자다
문득 잠 깨어
오줌 누러 나온 야밤중
늙은 살구나무에
새댁 같은 살구꽃이 피었다야
옴팡 손바닥 뜰팡 밝히며
함빡 저 홀로
살구꽃이 피었다야

봄눈

남과 여

감추어 둔 깊은 살로

서로 껴안아

황홀한 하나의 밤을 만들 듯

끊임없이 치솟는 하나의 포말

거기에다 포개고 또 포개어

드디어 쓰러지는 함성 같은 거

결별의 저 절벽 위에

파도의 널름대는 혀 닿지 않는

어린 절 한 채

빈 새둥주리처럼 허공에 매달려

고개 숙여 희뜩희뜩

저승 소식인 양 흩날리는 봄눈을

가만히 맞고 있나니

펄럭이는 변산 앞바다의 장삼 한 자락으로

내소사 가는 길을

묵묵히 쓸고 있나니

진달래

배곯은 얕은 산 산자락에
모처럼 햇살이 찰찰 넘쳐
여우 새끼 치는 애장 덩굴 따라
까르르 깔깔
긴긴 해 용천배기 간지럼 치는 소리
간 빼 먹는 소리

민들레

1

지난해 고 자리에
지지난해 고 옷 입고
말도 못하고 까맣게 입술이 타
세 살에 죽은 동생,
민들레가
피었다

2

겨울의 할퀸
고랑에 숨어
밟힌 것만큼
가막소 추녀 밑에 쪼그린
노오란 눈물

3

갈까나

날아 갈까나
북간도로 시베리아로
도랑 건너 영 너머로
훨훨 날아 갈까나

들장미

녹슨 사상의 빨랫줄 위로

들장미 살 섞으며

우렁우렁 피었네

어지러워라

어지러워라

불타는 살 다 어디로 날아가고

활활 독한 술로 남아

너는 붉은 섬이 되어

내 전체를 휘감느냐

꼼짝 못하게

내 팔다릴 묶느냐

한 사람

한 사람을
불러볼 수 있다는 것은
고향이 아직 있다는 거다.
연둣빛 의자에 앉아서
건너다보는 눈빛,
건널 수 없는
겨울강(江)이다.
목숨에 목숨을 포개려는
철없는 불꽃은
눈 속에서만 탈 뿐,
너라고 부르고 싶은
날이 있다.
한 사람을 불러도
만날 수 없다는 것은
내가 아직 살아 있다는 거다.

웨이밍호를 돌며 · 1

돌아가는 바큇살에 물안개가 감기며,
소나무 굽은 그림자 잠깐씩 제 몸을 흔들며
한 바퀴 또 한 바퀴 도는 둥그런 길엔
청 황조의 무거운 종소리가 고여 있다.
피 더운 가슴들이 밤잠 설치던
뜨거운 뜨거운 칼날도 있다.
멀고 먼 장정의 벼랑길을 따르던
에드가 스노우의 순결한 무덤을 지나
물 오른 버드나무가지 길을 지나
바라보는 호수의 물은
오늘 따라 왠지 꼼짝하지 않는다.
섬 하나 보듬고
가만히 가만히 눈을 깔고 있다.
대륙이여, 십이억의 대륙이여
어디로 가고 있는가, 지구의 반쪽
잔설처럼 남아 있는 양심이여
너, 어디로 가고 있는가
해 떠오르기 전

주먹 쥐고 숨 가쁘게 도는 것은

몸 때문만은 아니다. 밥 때문만은 아니다.

해 뜨는 지평선에 우렁차게 열차가 달리고

해 지는 벌판에 별빛 같은 마을의 평화가 아직 있어서다.

* 웨이밍호는 북경대학의 구내 동북쪽에 있는 호수의 이름이다. 어느 이름
으로도 그 아름다움을 나타낼 수 없어 미명호(未名湖)라 붙여졌다고 전한다.
그 남쪽 작은 언덕에 『중국의 붉은 별』의 저자로 널리 알려진 에드가 스노
우의 무덤이 있고, 묘비에는 '中國人民的朋友 埃德加 斯諾之墓(중국 인민
의 벗 에드가 스노우의 무덤)'이라고 쓰여 있다. 북쪽 끝에는 여든이 훨씬
넘은 생불(生佛)같은 지시엔린(李羨林) 선생이 숨은 듯 살고 있었다. 나는 1
년간(1993. 2 ~ 1994. 2) 티벳, 하얼빈 두 차례의 여행을 빼고는 하루도 거르
지 않고 그 호수 둘레를 새벽마다 돌았다.

웨이밍호를 돌며 · 2

돈다, 후후 후후
넥타일 맨 젊은이도 돈다.
머리채 뒤로 즘맨 아낙도 돈다.
어쩌다 잃었나 한팔 노동자도 돈다.
인민복에 레닌모를 눌러쓴 노인도 돈다.
바다 건너 자본주의 나라에서 온 나그네도 돈다.
띠룩 띠룩 몸을 흔들며.
해 오르기 전 엷은 어둠이
가는 호수의 허리를 감아서 돈다.
낡은 벤치에 앉아 책장을 펼치는
버들가지 아래 여인을 보며,
반바지로 손을 들어 허공을 치는
무거운 짐 조금씩 던다.
얼음 풀린 육체의
보풀은 가슴 위로
숨겨둔 조약돌을 던지며
돈다, 휘 휘
휘파람 불며

흰 목수건 감은 할매도 돈다.

안경 쓴 늙은 교수도 돈다.

동에서 서까지, 남에서 북까지.

빼앗긴 바다 · 2

·쏼쏼 게 떼가 기어간다.

대대로 살아온 집을 빼앗기고

「현대」가 깔아 놓은 검은 아스팔트

불빛 기름진 보도 위로

걸음아 날 살려라, 뼈만 남은 게 떼가

동서남북 기어간다.

가도 가도 구멍은 없고

비대한 바퀴가 지나간다.

부릅뜬 황금의 바퀴가 지나간다.

어깨에 별들이 번쩍이는 바퀴

계엄군처럼 부르릉부르릉 지나간다.

서방 잃은 게 한 놈이 굽신굽신 절을 한다.

에미애비 다 잃은 게 한 놈이 비실비실 매달린다.

본체만체 법대로 지나간다.

헌법 · 형법 · 민법 또 무슨 법, 법대로 지나간다.

염통이 터진다, 굶주린 창자가 터진다.

깔린 눈물이 아우성치며 흘러간다.

가문 한반도의 아랫도리를 적시며

오월 넘어 유월로 무심코 흘러간다.

빼앗긴 바다 · 3

어린 날 잃어버린

헌 고무신 한 짝

홀로 떠돌던 바다,

어이, 하고 부르면

어이, 하고 대답하고

오, 하고 가슴을 치면

오, 하고 가슴을 열던

바다, 열린 바다

가슴 막히는 일 있어

달려가면

섬 하나 띄워 놓고

오라, 오라 손짓하던 바다,

허기지면 정신없이 달려가

굴딱지를 따먹다가 나문재를 뜯다가

고동을 줍다가 할미조개를 캐다가

밀려오는 밀물에 미역 감다가

두꺼비집 지어 놓고

금 나와라 뚝딱, 은 나와라 뚝딱

뛰놀던 너른 은모래,

개펄에 송송 뚫린 구멍마다

능정이도, 농게도 참게도 쫑긋 귀를 세우면

엎드린 해당화 붉은 입술이

설레이던 바다

망둥이 낚시대 위로

훨훨 갈매기 날아가는

주인이 따로 없던 바다

내 것 네 것 따지지 않고 내놓을 거

다 내놓던 바다

이제 주인이 생겨

낯선 자본이 바다의 목을

움켜쥐었다.

손발이 잘린 바다

검은 배통 위로 검은 돈이 돌고

통통배 녹슬어

모기 떼 떼지어 운다.

한번 간 썰물은 영 돌아오지를 않고

한번 건 밀물은 영 돌아오지를 않고

한 거인의 부동산이 된

쓰러진 아, 고향 앞 바다.

낮달

굶다가 병들어
숨 거둔 어린 동생
빈 산 비탈에 묻고
묻힌 눈물 죄다 삭은 뒤
캥캥 여우 울음 따라
허옇게 억새꽃이 날렸다.
울음 끝에 숨죽인
울엄니 낮달이
가만히 동치미국물 한 사발 들고
열뜬 머리맡에
떠 있다.

집 · 2
— 늦가을 저녁

눈 위에
서 있는 작은 시간의
굽은 등,
모락모락 말씀이 피어오르는
물 안 마을의
저, 두어 점 불빛은
누구의 것이냐.
달그락달그락 설거지하는
돌모루 산등성이의
저 개밥별은
또 누구의 것이냐.
풀벌레 울음 따르릉
따르릉 여울 이루는
어슬녘 낯선 마을에서
손을 씻는다.
쫓아오는 미행의
흘러가는 섬머리에
하나 둘

날리는 잎들

마른 유형(流刑)의 꿈들

어두운 날의 기억

까마귀 떼지어 울었다.
길가 공동묘지의 골탕에
총 맞아 쓰러진 한 떼의 젊음,
아무도 그 쪽을 보지 않았다.
흙이 뼈와 살을 받았는가
몇 해가 지나자 잡풀로 검었다.
십여 년이 빠져나갔다.
과수원이 되었다.
주렁주렁 매달린 사과알,
시장에 팔려나가 이 땅의 영양이 되었다.
땅 임자는 그곳에 양옥을 짓고
창문에다 분홍빛 커튼을 늘였다.
그렇게 또 십여 년이 미끄러지듯 흘렀다.
아파트가 올랐다.
튼튼한 철골, 다부진 시멘트,
방마다 단란한 불빛이
세레나데처럼 은은히 흘러나왔다.
아주 그윽하게,

아주 감미롭게,

아무도 옛날을 말하는 사람은 없었다.

나날이 치솟는 땅값에 맞추어

신나게 휘돌아가는 남녀의 춤이

해안선처럼 끝없이 출렁거렸다.

봄 · 2

헌집 버리고
새집 찾아
훨훨 이사를 가고 싶다

마른 나뭇가지 물고
날아가는 까치

무거운 먼지를
털어버리고
새 세상 찾아가고 싶다

민들레 홀씨처럼
이 가지 저 가지로 옮겨 앉는
작은 새처럼

제2부

가난한 평화

성(城) 머리에 서서

한쪽 어깨 기운
늙은 성 머리에
야트막하게 내려앉은
하늘 한 모서리.
멍하니 서 있는 빈 나뭇가지 끝에
서리 까마귀 울다 간
짧은 동안,
생각난 듯
진눈깨비 내린다.
숨차면 쉬었다가
또 생각난 듯
진눈깨비 내린다.

베이징 낮달

어머니,
고개 들어 아무도
쳐다보지 않는
바람 부는 하늘 한 구석지에
있는 듯 없는 듯
떠 있는,
마흔 넘어
몸을 버리신,
유랑의 술로 한 시절
아배는 낯선 도시를 떠돌고
울도 없는 초가삼간
때 절은 핏덩이
너덧 데불고
너덧의 바람을
빈 몸으로 막으셨던
가느다란 불빛,
달팽이 제 집이라고 머리에 이고
힘겹게 혼자서 기어가는

이슬 새벽에

어머니,

노자도 없으신데

여기 다른 나라

인심 사나운 땅까지

물어물어 오셨군요.

말없이 내려다보시는

여윈 얼굴에

그렁그렁 눈물이

맺혀 있군요.

등바람

마흔은 고개가 아니라던데
마흔을 넘어서니
등에서 찬바람이 분다.

가슴앓이로 자리에 눕던
어머니도 마흔을 넘어
등에서 찬바람이 난다고 하셨다.

언제나 누더기 담요를
여윈 어깨에 두르시고
두꺼운 무엇을 더 덮어달라고 하셨다.

지게질로 굳은 내 어깨와 등이
막걸리로 절은 내 내장이
가다가는 가끔 삐그덕 소리를 낸다.

시려오는 등어리
마흔다섯에 어머니는

눈도 못 감으시고
눈 오는 날 이승을 뜨셨다.

아려오는 어깨와
바늘로 꽂히는 아픔,
찬바람이 휘익휘익 지나간다.

가난한 평화

허기진 긴긴 여름 해가
힘겹게 서산을 넘어가면
신새벽에 헤어졌던 식구들이
하나 둘 땀 절어 모여들던
가난한 저녁 밥상.
흐린 등불 아래
차례대로 둘러 앉아
지나온 하루의 이야기를 나누면서
달강달강 숟갈 부딪는 소리
모둠밥 서로 나눠 먹던
그 시절 그리워라.
저녁 물린 뒤
멍석 펴고 마당에 누워
매캐한 모깃불 속에서
코에 닿을 듯 하얀 하늘 한복판의
은하수를 건너
쏟아지는 별들을
호랑 가득 주워 담다가 잠에 떨어지던

지금은 가버린

그 시절 그리워라.

펄펄 열 뜨면

여린 이마에 두꺼비손을 얹고

근심스럽게 내려보던

그 얼굴 다 흙으로 돌아가고

피붙이 남은 형제들

민들레 홀씨로 뿔뿔이 흩어져,

해지면 돌아와

둘러앉던 가난한 저녁 밥상

이제 비어 있고나

비어 있고나.

비빔밥을 먹으며

한 아가리씩
악을 쓰듯 비빔밥을 처넣으며
눈물이 핑 도는 것은
매워서가 아니다.
순창고추장 맛 때문이 아니다.

있는 것 없는 것
찌꺼기란 찌꺼기 죄다 모아
비벼 하나가 되는 법

여름날 비지땀 흘리며
논매다 돌아와
푸성귀 온갖 잡것
두루두루 되는 대로 섞어
한 볼통아리 집어넣으며
집어넣으며 뭉클한 것은
맛이 고소해서가 아니다.
참기름 맛 때문이 아니다.

쌍놈은 쌍놈끼리

슬픔은 슬픔끼리

베등걸이는 베등걸이끼리

속살을 부비며

하나가 되는 법

밥 속에 굵은 눈물이 섞여 있기 때문이다.

밥 속에 아린 아픔이 섞여 있기 때문이다.

밥 속에 질긴 가난이 섞여 있기 때문이다.

비 오시는 날

잘있거라아우덜아정든교실아

헤어진 소학교 동창을

쉰 넘어 목로에서

우연히 처음 만나듯

내리는 비,

지친 어깨 위로

가만히 가만히

엽서처럼

내려앉는 비.

정겨운 이와 눈을 맞추듯

순간 시간은 멎고

어지러운 세간

모처럼 자리 잡아

아늑하게 저마다

운율을 고르는

고른 숨결소리,

들어라

색색 잠든

어린이를 보듯이

잠 속에 웃는 젖니를 보듯이

들어라

짐 다 벗어놓고

무심코 홀로 술잔을 들 듯

들어라

누구를 더 이상

미워한다 하랴

누구를 더 이상

사랑한다 하랴

가만히 있는 것

오직 그 하나만으로

충만한 빈 그릇에

철철 넘치는 날,

다소곳이 젖는 풀잎과 나무들의

고개 숙인 뒷모습을

어루만지듯 어루만지듯

바라보아라.

바람 부는 날

짐을 싸 본다.

발 아래 쌓인 낙엽이 날린다.

창문을 닫는 소리가 들린다.

어디에선가 불그레 음악이 익는다,

어디에선가 깊은 신음소리가 들린다.

어디로 갈까나

숨은 빈 절을 찾아 갈까나

빈 나무 아래 앉아서 허공을 바라볼까나

맨몸으로 무인도에 갈까나

어디로 갈까나

─갈 데가 없다

갈기갈기 고향은 찢기고

흙 몇 평만 겨우 남았다.

짐을 다시 싸 본다.

보자기에서 뱀처럼 명예가 빠진다.

이마에 돌을 맞은 시퍼런 멍,

몇 마리의 돈이 날개를 단다.

빙글빙글 돌아가는 돈의 자유, 자유의 육체

겨울이 오기 전에 집을 비우라 한다.

어디로 갈까나

다 헤어진 식구들의 신발을 사야 한다.

다 허물어진 식구들의 밥상을 고쳐야 한다.

먼 목소리 · 1
― 소연(素然) 선생

빌빌 풀벌레처럼

전화가 운다.

―웨이 니하오?

혀를 굴려 물으니

―굼니다 지낼만 험니까?

느릿느릿 구 선생의 음성,

서혈골 곰내 시냇물 소리

충청도 하고도 산골 두리봉 기슭

대낮에도 와글와글 개구리 우는

울타리도 없는 집,

바람만 맘대로 들락거리는 집.

그곳 햇살은 따라오다

발목이 시어 돌아가고

소리만 온다, 가만가만

바람 불고 비 흩뿌리는

베이징 어둑한 홀아비 기숙사에

다리 절며 와

더듬는 안부,

안부 끝에 구 선생네 장닭이 운다.

하늘 끝에 닿았다가 돌아오는지

활개 치고 두 해째 운다.

사람 소리는 간 곳이 없고

닭울음만 찾아와

빈 꽃병에 목을 접는다.

닭한테 계룡의 안부를 물으니

시호시호 때가 오니 기다려라 한다.

죽음의 고개와 강을 건너야

물처럼 시가 터지는가

구 선생은 달아오르는 혈압을 재우며

신지만지 떨리는 손으로

시를 쓴다, 손톱으로 바위에 시를 새긴다.

먼 목소리 · 2

몸을 두고
목소리만 온다.
여기는 반공일
빈 잔의 술처럼
초여름 햇살이 폴폴 날리는데
그곳은 혹시나
칼바람 낮게 기어가는
한밤중 겨울은 아닌지
반으로 허리가 잘리면
힘을 못 쓰듯
너와 나
둘로 나뉘어
바다 건너 또 산, 산을 넘어
어쩌지 못하는 거리에서
서로 부르고만 있구나.
꽃은 피었다 지고
진 자리에 열매를 맺는다.
울먹이며 웃는

네 병원의 머리칼 타는 노을은

오늘 아픔이지만

어느 날 시들지 않는 시가 되리라

몸을 두고

지팡이 다 닳은 채 찾아오는

너의 목소리!

봉황산 트럼펫 소리

하마 서른 해가 흘러갔을까
금강물 따라 흘러갔을까
천년 잠든 봉황산 산봉우리에서
전등불 하나 둘 꺼지는 시각에 시계처럼
뚜뚜뚜 트럼펫이 울었다.
어느 누군가를 무지무지 사랑한다고 했다.
어느 누군가를 잊으려 해도 잊을 수 없다고 했다.
소쩍새 슬피 우는 밤마다
달무리처럼 번지던 트럼펫 소리
아낙들도 잠깨어 슬며시 문을 열고 숨죽여 듣고
휘청거리는 술꾼도 골목에서 멈추고 들었다.
뚝뚝 지는 동백꽃 꽃잎처럼
흐느끼던 소리, 밤마다 울던 소리
대통다리 건너 낡은 호서극장 옆
뒷술집으로 들어가 비지찌개로
잔을 비우면
허기진 창자로 서서히 배이던 슬픔,
하마 서른 해가 흘러갔을까

날개 접은 봉황산 산봉우리에서

야트막하게 울던 트럼펫 소리

그 사람 어디 갔을까

그 사랑하던 사람 다 어디 갔을까

노을

엄마 죽고 백날도 안 되어

아빠 새장가 들고

아빠 죽고 예니레도 못 되어

의붓 엄마 이내 또 시집가고

집도 없어, 살붙이도 없어

지게 홀랑 벗어 던지고

깊은 산속으로 찾아 들었네.

마당 쓸기 동냥하기 나무하기 밥짓기

온갖 시중 십 년에 머리를 깎고

또 십 년

이제 물이 되었거니, 산이 되었거니

두고 온 마을을 찾기로 했네.

열흘 밤 열흘 낮

발 부르터 등성이에 이르니

늦가을 기운 햇살에

조 이삭 깊숙이 고개 숙이어

하도 고맙고 고마워 쓰다듬다가

굳은살 손바닥에 붙은 한 알의 스슥,

아무런 일 한 것 없는데

피땀 배인 씨알 공짜로 붙는 건

내 아직 닦음이 모자란 탓이라

가슴 치며 돌아온 길 되돌아갔네.

스님 빈 바랑에

아, 가득한 피묻은 노을

먼 마을에서 사촌인 듯 팔촌인 듯

잘 가라, 잘 가라

저녁연기 굴뚝마다

모락모락 피어오르고 있었네.

보정향찬(寶鼎香讚)을 들으며

— 석혜조(釋惠照)

산골물에 땀 절은

속옷을 헹궈

나뭇가지에 걸어 놓고

두고 온 동쪽 해 뜨는 곳을

바라다본다, 먼 바다.

새 한 마리 울다

날아간다.

빈 바랑을 등에 진 그대,

남이 남긴 죽을 먹고

맨발로 해 지는 곳을

바라다본다, 젖은 노을.

추녀끝 풍경 소리

목백일홍 마른 입술에 앉는다.

해는 기울고

넘어야 할 산은 첩첩,

뜨거운 모래를 밟고

터벅터벅 길을 떠난다

낙타처럼, 산처럼.

강 건너

미타찰에서 만나랴

육신을 벗고

훌훌 뼈로 만나랴

바람으로 만나랴

원(願)*

왕자의 영화를 헌신짝처럼
던지신 당신,
당신의 말씀처럼
없음에서 있음을 보고
있음에서 없음을 온몸으로 알아낸다는 것은
평생의 싸움입니다.

부처님,
무릎 꿇고 두 손 모은 저희들에게,
흔들리기 갈대인 저희들에게
바다의 벼랑에 우뚝 서 있는
저 조선 소나무의 푸르름을 주소서.

하루에도 몇 차례나 뒤채이는
붉은 파도의 가슴마다에
저 소등에 앉아 젓대 부는 동자(童子)의
봄바다 고운 숨결이
다른 나라 말을 하는 저희들의 혀와
다른 나라 글을 쓰는 저희들의 손 끝에

샘물처럼 흘러나게 하소서.

저희들은 흙으로 돌아갈 때까지 배우는 사람입니다.
벽을 향해 9년간
보기 위해 싸우신
달마(達磨)의 빛나는 침묵을
나누어 주소서.

눈 오는 긴긴 밤
먼 길을 걸어와
배움을 청해 팔을 끊던
혜가(慧可)의 뜨거운 물음을
저희들에게 주소서.

그늘진 뒤뜰에서
말없이 종일 보리방아를 찧던
혜능(慧能)의 굵은 손마디와
밝은 어리석음을
저희들에게 주소서.

모든 걸 버리심으로써

시방세계에 두루 계신 당신,

당신의 말씀처럼

나무와 하나가 되고

짐승과 하나가 되기는 쉽습니다.

그러나, 사람과 하나가 되는 일은

평생의 싸움입니다.

부처님,

엎드려 절을 올리는 저희들에게

공작처럼 겉 가꾸기에 바쁜 저희들에게

구름 걷힌 우리나라

가을 하늘의 푸르름을 주소서.

* 타이페이 주재 홍법원(弘法院) 개원 기념.

그 사람

혼자 산에 들어가
깊이 걸어온 길을 묻고 오는 사람,
눈썹도 짐이라 모든 짐 죄다
버리고 빈 몸으로 오는 사람,
해 떨어지면 나려오지만
이내 산을 잃어버리고
산 가운데 산으로 서서
자는 사람
눈 덮인 겨울날
혼자 산에 들어가
얼음 밑에 흐르는 물소릴 듣다가
하루 종일 서서 듣다가
물소리가 되어
흘러가는 사람,
흙 속에 발목을 묻으며
말없이 사는
등 굽은 사람.

제3부

거친 꿈

뿌리의 섬

끓는 바다의
저 아득한 아랫도리
낭자한 꽃밭에
매달린 점 하나.
지우려 지우려 해도
암처럼 돋아나는
울음 하나.
끼루룩 끼루룩
시간을 떨어뜨리며
시간은 날아가고
날아간 허공에
걸린 눈썹 하나.
잡으려 잡으려 해도
도마뱀처럼 달아나는
하얀 그림자 하나.

작은 아가(雅歌)·1

전 당신 뒤에
늘 서 있고 싶어요
숨은 꽃이 되고 싶어요.

이 세상 모든 걸
다만 당신의 눈으로
보고 싶어요.

이 세상 모든 걸
다만 당신의 귀로
듣고 싶어요.

제 꿈이 불로 들어가
당신의 물로 걸어 나올 때
제 몸이 물로 들어가
당신의 불로 걸어 나올 때

우리의 연둣빛 집은

이 거친 따 위에 세워질까요.

저는 당신과
아득한 전생부터 밝은 불이라
하나니까요.
하늘 아래 끝까지 둥근 물이라
하나니까요.

바람 우짖는 날
전 당신의 든든한 등 뒤에서
늘 서 있겠어요.
당신의 작은 들꽃으로 서 있겠어요.

당신이 걸어가는 발자욱 따라
한걸음 한걸음
뒤쫓아 걸어 가겠어요.

작은 아가(雅歌)·3

1

내 안에
당신이 없으므로
당신 안에
내가 삽니다.
암처럼, 느티나무처럼
줄기줄기 내가 삽니다.

2

당신 안에
나 없음으로
내 안에
당신이 삽니다.
게처럼, 이낀 낀 절간처럼
굽이굽이 당신이 삽니다.

3

둥근 하늘을 이고
당신과 나,
나눌 수 없는
물처럼 바다처럼
능금빛 노을 속으로
흘러갑니다.

작은 아가(雅歌) · 4

서릿발 칼날로 서걱이는
떨어진 지구 위에
언 몸 녹여줄
다사로운 작은 방,
다만 하나 갖고 싶네.

얼음 풀린
냇둑에 나란히 앉아
물소리 온몸으로 들으며
파릇파릇 입술 내미는
봄풀을 보고 싶네.

긴긴 겨울이 다하면 화안히 면사포 쓰는
살구나무 한 그루와
늙은 대추나무 한 그루, 뒤란에 세워 두고
보리감자랑 가지 심을
열아무 평의 뜨락을 갖고 싶네.

어느 뉘 돌을 던진들 어떠랴

어느 뉘 바보라 한들 어떠랴
가난한 저녁 밥상 머리맡에
마주 앉은 등불 하나
켜둘 수만 있다면

버러지마냥 매달린
따지는 모든 걸
흐르는 물에 흘려보내고
도라지빛 물든 노을 언덕에
할미꽃 같은 무덤 하나
눈감은 뒤 갖고 싶네.

이 바람 많은 따 위에
몸으로 남아 있는 동안
버들가지마냥 맘대로 날리면서
메마른 오솔길을
쓸다가 어루만지다가
어느 날 가뭇없이 뜨고 싶네.

말 사랑
― 어떤 전설

말 한 마리

주인 따님 사랑했대.

삐비속 같은

열여섯 보름달

주인을 업고

때리면

때리는 대로 뛰었지만

짐마차 끌고

가라는 대로 갔지만

연못 위에 연꽃

옥이야 금이야

따님이 있어

날을 것만 같았대.

그러나 나는 말

볼품없는 짐승,

엉덩이에 채찍 자국

가실 날 없는

한 마리 검은 짐승일 뿐.

죽어서나 품은 소원 풀어 볼거나

저 세상 가서 맺힌 한을 풀어 볼거나

그리움병 붉게 도져서

그리운 강 건너지 못하고

그예 말라 죽었대,

뜬눈으로 흙에 묻혔대.

말무덤 한가운데 어느 날

이상한 나무 한 그루

해처럼 솟아오르더니

잎새마다 하얗게 누에가 잎을 삼키고

이윽고 첫눈처럼 주렁주렁 고치 열렸대.

한 섬 두 섬 가득한 고치,

명주실로 풀리어

가늘고 가는 사랑으로 풀리어

보드랍게 비단으로 살아나

따님의 뽀오얀 몸에

눈물처럼 감기었대,

속살에 닿아

꽃처럼 살 부비며 울었대.

사랑 사랑 내 사랑

살아서 못 이룬 내 사랑

죽어서나 이루누나

죽어서 그대 몸에 감기어

어화 둥둥

하나가 되는구나,

비단 옷 감고

잠든 따님의

야삼경

딸랑딸랑

방울 소리

말방울 소리

하늘나라 아득히

들려서 왔대.

딸랑딸랑

방울 소리

말방울 소리

첫닭 울음 소리처럼 아득히

들려서 왔대.

섬 · 2

선상님 고상 많지유

즤덜이 둔모아 디딤질도 맹글고

그랬지유

짐치라도 담그문 갖다 드리지유

고마운 분이지유

근데 이제는 뭍으로 다 나아가고

이렇게 늑쟁이만 남았지유

앞길이 구만리 같은 애덜이

이런 데 갇혀 있으문 뭐 하게유

멋 모르고 서방 따라 왔는디

어느새 40년 넘게 살았그만유

학교 없어질 생각혀문

당장에라도 애를 낳고 싶은 심정이지유

에이, 둔이나 흠씬 주어 딴 데로

소개나 시켰으면 쓰겄어유

이제 괴기도 잡히지 않고

그나마 있는 것도

외지 사람덜이 와서

큰 배로 씨까지 말린다구유

물이 세어 기름배로도 안 되고

천상 산고랑 파가지구

마늘 심어 한 철

목구멍에 풀칠 한다구유

섬 · 4

워서덜 왔남유!
여름 한철이면 대처에서
쌍쌍이 많이덜 놀라온다구유
허지만 뭐가 있기나 한감유?
물것만 쌔구
비바람이라두 칠라문 미섭다구유
뱃길두 무한정 끊기고
캄캄 절벽
하릴없이 가막소라구유
자식늄은 셋을 두었는디
다 뭍에서 제 밥버리는 허나배유
영감은 여러해 전에 저 고개 너머에 묻었지유
나도 영감 곁에 묻혀
파도소리 배게 삼아 살아야지유
어떡한담유
지긋지긋해도 헐 수 읎지유
예전에 비하문
살기 많이 좋아졌다지만

글쎄유,

사는 게 사는 건가유

어쩌다 뭍에 가보면 딴 시상인 걸유

허지만 생각해 뭣헌대유

땅뗴기 한뼘 읎는 늠덜이야

어딜가나 마찬가지지유

그래도 바다에는 땅끔이 읎으니께

괴기라도 건져 먹는 거지유

안 그래유, 선상님?

섬 · 14

육이오 어느 날
쑥국새 극성맞게 울어쌓던 날
살려고 열둘에 울며 시집 간
삐비 같던 우덜 소꿉동무 순이
어디메서 아들딸 낳고
사는가, 보고 싶더니
쉰 고개 넘어 발 아래
저기 떠 있군

거친 꿈
― 용정(龍井)을 지나며

칼자국
하얀 뼈
돌기둥에
핏빛 빨간 글자
아침 장미처럼 낭자하다.
천둥이 막 지나간 듯
숨가쁜 숨가쁜
혁명,
눈발 잠시 멎고
달리는 산맥아
그 아래 엎드린
초가 굴뚝의
실핏줄 내비치는
초저녁 여윈 연기.

섬은 섬들끼리

섬은 섬들끼리
옹기종기 모여서 산다.

으르렁 으르렁
바다 울음 높으면

파도를 이불 삼아
곤히 잠이 든다.

성아, 뭍으로 돈 벌러
오래 전 떠나간 성아

찬밥에 헐벗은 살
서로 부비며 기다림으로 산다.

때로는 뜨근뜨근
이마에 열이 뜨지만

목말라 낮달을
목 빼어 바라보지만

코흘리개 형제끼리
올망졸망 모여서 산다.

까치밥

형벌처럼
성큼 겨울이 왔다.
누군가 감춘 시퍼런 칼날
머리 위에 떠 있다.
한여름 들끓던
눈먼 삶들이 달아나고
모조리 달아나고
정수리 맨꼭대기에
하늘을 이고 홍시 한 알
알몸으로 달려 있다.
난바다 한가운데
처녀를 제물로 바치듯
한울님 밥상머리에 올리는
새벽 샘물 한 그릇,
아니면, 아직 살아남아 둥글게 퍼지는
징소리 같은 거
제삿날 같은 거
제삿날 닭 울기 전의

불빛 같은 거,

날이면 날마다 무서운 고지서처럼 날아와

손발을 묶는 기계의 밤,

얼굴 가리고

앳된 별 하나

머리 위에 떨고 있다.

너, 그렇게 가기냐
— 영상이에게

야, 이게 웬 소리냐
네가 가다니, 그렇게 네가 가다니
이 거친 세상이 너의 피를
멎게 했구나
이 못된 세상이 네 심장을
찢어 놨구나
갈갈이 찢어 놨구나
너는 참 첫눈 같은 사람이었지
너는 참 풀잎 같은 사람이었지
너는 천래(天來)의 시인
이름 없는 하찮은 것 하나하나에
숨결을 불어 넣어 주고
가슴 으서지도록 껴안았지
참선생님 되는 게 이 세상 무슨 죄인가
학교를 쫓겨 나와
바람 찬 거리에서
휘청거리는 미루나무처럼
전단지를 뿌리며

포항에서 안동으로, 안동에서 단양으로

공주로 서울로 대전으로 대구로

쫓기듯 뛰어다녔지

영상이, 어찌 그리 급하게 가기냐

먼저 가야 할 나 같은 자를 놔두고

눈 어두운 늙은 부모를 놔두고

그렇게 총총히 눈을 감기냐

너 있는 자리는 늘 훈훈했는데

너 있는 자리는 늘 향기로웠는데

어린 열림이, 몽길이 남겨 두고

그렇게 말도 없이 가기냐

그렇게 말도 없이 가기냐

네 젊은 아내에게

갚아야 할 빚 아직 많은데

그렇게 훌훌 가기냐

영상이, 너 너무 하는구나.

써야 할 시 산만큼 남겨 놓고

그려야 할 그림 바다만큼 남겨 놓고

그렇게 바람처럼 가기냐

술로 썩은 간이 이제

조금은 소생할 새벽이

오는 것도 같은데

그날을 참지 못 하고 그렇게 서둘러 가기냐

네 순한 슬픈 눈망울,

네 들찔레 같은 순결한 영혼을

이 세상 어디서

다시 찾을 수 있겠느냐

영상이, 그러나 가라

고이 눈을 감거라

너는 가지 않고, 서러운 우리 가슴에

모닥불처럼 피어나리니

너의 시는 죽지 않고, 서러운 우리 배달의 땅에

들꽃처럼 피어나리니

남의 땅 머나먼 곳에서 너를 보낸다.

가라, 잘 가라

너는 가지만

우리는 널 보내지 않는다.

자유와 평등 참세상이 올 때까지

짓밟힌 자 손잡고 태양처럼 솟을 때까지.

* 1993. 4. 15. 북경에서 부음을 듣고.

북방에서

— 육사(陸史)를 생각하며*

이리 떼에 쫓기어

마침내 칼날 끝에 서서,

발 디뎌 재낄 한 치의 땅조차 없이

외발로 서서

천둥처럼 가슴으로

소리 없이 울던 그대.

불빛 흐릿한 노신(魯迅)의 골목을

기웃거리며

낯선 사투리의 술로

차마 범할 수 없는

작은 광야를 만들며

끝없이 끝없이 목 빼고

닭처럼 새벽을 울던

그대.

바람 세찬 황토 언덕에

그대 가던 길이

보인다, 눈발 핏자국처럼 휘날리는

저 힘 솟는 북쪽!

그대 차디찬 몸이 되어

넘던 길이 보인다.

저, 피와 살과 **뼈**를 두고 온 남쪽!

오늘 그대는 시퍼렇게 살아

황사 몰아치는

베이징의 뿌연 하늘 한복판에서

펄럭이고 있다.

* 베이징에서 눈감은 지 쉰 돌이 되는 달, 베이징대 기숙사에서.

입동

서슬 퍼런 칼날이
울어야 할 때다.
똑바로 뼈를 세우고
무어가 옳은 건지
바로 말해야 할 때다.
머리맡에 난(蘭)을 바라보며
차 끓는 소리에 젖을 때가
아니다.
썩은 것들의 하인이 되어
잘 포장된 아편을 받아먹을 때가
아니다. 아니다.
비굴하게 살지 않기 위하여
맨발로 일어나야 한다.
쓸데없는 눈물을 버리고
힘차게 솟아야 한다.
한 사람을 위한 만 사람의 희생이 아니라
만 사람을 위한 만 사람의
함께 나누는 기쁨을 위하여

튼튼해야 할 때다.

신나게 양심의 화살이 하늘에

날아가야 할 때다.

뜨거운 돌이 적(敵)의 이마에

날아가야 할 때다.

개와 달

떨어진다는 한마디 말없이
낙하하는 늦가을
거리에서 바람이 불고
붉은 등이 켜져 있는 푸줏간에
붉은 살점이
쇠갈쿠리에 걸려 있다.
늙은 개 한 마리
길가에 쭈그리고 앉아
물끄러미 쳐다본다.
살은 별안간 푸들푸들 떨고
그걸 알았는지
미친 듯 컹컹 개가 짖는다.
종종 걸음으로 귀가하던
등 굽은 월급쟁이 한 사람,
한 근만 주세요
저울눈대로 한 근을 들고 지나가고.
무슨 생각이 들었는지 번갈아 보다가
달을 보고 또 짖는다.

두부집 양철지붕 위로

오줌이 마려운지

양푼 같은 달이 내려앉고

이윽고

하나 둘 창문마다

불빛이 나간다.

삿대울 굴참나무*

삿대울 굴참나무 허리에
말이 매었네.
녹두장군님 곰방대 불 붙이고
한숨 돌리는 동안
희뜩희뜩 저승 소식처럼
눈발 날리네.
장마루꺼정 서너 마장
하마루꺼정 너댓 마장
이인역꺼정 십 리
걸어서 한 시간.
경천 성재 밑에 진치고
황토재, 비사벌 휘몰아
와와 몰려온 진달래 함성
하늘 땅 흔들어
예꺼정 달려서 왔네.
한 패는 복룡으로 해서 이인으로 빠져나가고
한 패는 주미로 해서 우금티로 치달아 가고
산자락 감돌아 돌아가는 샛길 따라

궁궁을을 시호시호 부재래지 시호로다

죽창 들고 조선낫 들고

꿈틀꿈틀 기치창검 하늘 찌르네.

얼어 죽고, 굶어 죽고

죄 없는 처자식 맞아 죽고

살 길은 일자무식 오직 죽는 수밖에 없는

핏빛 샛길,

그 끝에 마냥 화안한 햇살이 올거나

그 끝에 도란거리는 저녁밥상이 올거나

삼례에서, 정읍에서

볏골에서, 줄포에서

강물처럼 나와 몰려든 저 배고픔

가보세 가보세 을미적을미적 하다가는

개벽천지 새 세상 보지 못하나니

곰배팔이도, 청맹과니도

대대로 땅만 파먹던 농투사니도

밥의 평등과 밥의 자유와

땀의 미래를 믿으며

우르릉 우르릉 천둥 되어 달려서 왔네.

텃굴 건너 삿대울

굴참나무야

한오백년 살아볼거나

세상은 노상 강한 자의 편,

법 없는 세상에 법이 되어

한오백년 살아볼거나

으흥으흥 말울음 들리네

매어 있는 땅울음 들리네

녹두장군님 활활 타는

푸른 눈빛 보이네.

우금티 코앞에 둔

잠 못 이루는 칼날 보이네.

* 삿대울은 공주 하마루에서 이인으로 가는 길목의 마을 이름이다. 이 마을에는 지금도 시누대 대밭이 있는데 갑오년 우금티에서 싸울 적에 그 시누대로 화살을 만들었기에 그런 이름이 생겨났다고 한다. 이 마을에 굴참나무 한 그루 서 있어, 동학혁명군의 어느 장군이 말을 매어놓고 하루를 묵었다고 전해 온다.

제4부

눈발 흩날리는 날엔

부여에 내리는 눈

봄 갈 여름이 차례로 지난 천년 부여에
잠들라, 잠들라, 속삭이며 눈이 내린다.
저마다 옷깃을 여미고 뿔뿔이 흩어져
시간은 금이다, 시간은 금이다, 총총히 지나간다.
찾아가는 길의 끝에는 연탄이 타오르는 집이 있고,
집의 저 편 끝에는 바람이 연기처럼 흘러가지만,
핏줄의 작은 시내가 강물이 되어
길목마다 가득한 줄을 사람들은 모른다.
부소산 다부진 솔밭에 무수히 백기(白旗)처럼 내리는 눈,
눈을 돌처럼 다소곳이 맞으며 씨어다닐까나.
마래방죽 버들 아래 조각난 기왓장이 되어
뭇발에 밟힐까나 밟혀 흙이 될까나
바람 부는 부여에
눈이 내린다.
아 · 다 · 지 · 오로
눈이 내린다.
성큼성큼 다가오는 발자국 소리를 내며
허공에서 아득히 눈이 내린다.

향산(香山)에 해는 지고

종소리 깊이 묻힌
꽝꽝 겨울 향산에
잘 새 한 마리 날아간다.

종종 걸음을 치며
빈 둥우리를 찾아가는
바람 찬 골목,

주저앉아 차가운 낡은 목로에
먼 나라 때전 길손이
땅콩 한 접시 앞에 놓고 잔을 든다.

내일은 어디 가는 배에 실리랴
모레는 또 어디 가는 열차를 타랴
가다가 스러지는 노을이 되랴

모래바람 불어오는
가도가도 끝이 없는 너의 벌판에

나도 길 없는 잘 새가 되랴

불빛 한 점, 두 점
눈을 뜨는 늙은 마을의
머언 이마, 꽃처럼 붉다.

* 향산(香山)은 북경 서북쪽에 있는 산으로 유서 깊은 사찰이 많으며 가을에
는 단풍으로 유명하다.

눈발 흩날리는 날엔

희뜩희뜩 눈발 흩날리는 날엔
걸어서 걸어서
부여에 가자
서러운 부여에 가자
앞을 가리는 눈발을
손으로 저으며
부여에 가자
가서 흘러내리는 땀을 닦아내며
부소산 솔밭에 내리는 눈발을
누이를 바라보듯 바라보자
마를 대로 마른 구드레 모랫벌의
하이얀 뼈 위에
무릎 꿇고 입을 맞추자
문드러진 들의
들꽃 같은 작은 웃음에
부드럽게 부드럽게 내리는 눈발,
처녀 같은 눈발을 두 손에 받들고
끝없이 헤매도는 떠돌이 되어

그리운 이 만나러 부여에 가자

만나서 어깨에 쌓인

떡가루 같은 눈을 털고

막힌 가슴을 털자

눈이 펑펑 쌓이는 날엔

벗이여,

걸어서 걸어서

부여에 가자

서러운 부여에 가자.

또 부여에 와서 · 5

1

비 오는 마래방죽엔
버들은 버들끼리 살을 섞고
구름을 구름끼리 살을 섞어
둥글게 손잡고 춤을 추는데
용이 밤 몰래 찾아와
배 맞추었다는 맛둥어미
어디 갔는가
바람에 흔들리던 홀어미 호롱불
어디 갔는가
마름풀 사이사이
초롱 든 연꽃
저기 저 연꽃 송이로 피어났는가
솔밭머리 모롱이 돌아
흘러가는 바람 따라
원추리로 태어났는가
왕포벌 나루 건너

굽이굽이 강물로 흘러갔는가

2

저때나 이때나
사람 사는 일 매한가지라
돌 틈 비집고 이천 년 버들가지 살아가듯이
저마다의 한 줌 땅에 뿌리를 뻗고
때 절은 돈을 세며, 몰래 눈에 든 이 입을 맞추며
그게 우스워 허허 웃다가
웃음 끝에 눈물이 배여나오는 날
비 오는 마래방죽에 홀로 와
돌아가는 길 잃고 혼자가 되고
마침내, 혼자의 가느다란 가을 빗방울이 되느니
빗방울로 번지는 여린 물살이 되느니.

어린이송(頌)

— 서안(西安)을 지나며

말 배우기 전의
어린이는 이쁘다.
임마, 아빠 그리고 맘마
그런 말할 때의
어린이는 신이다.
어른은 돈에 팔리고
더러는 성의 늪에 빠지고
독한 술에 빠져
나날을 헤매지만,
또는 사상의 칼날로
서로를 저미며 살아가지만,
어린이는
해맑은 웃음으로 산다.
배고프면 울고
다사로우면 웃는다.
어른은
말과 말의 장벽에 갇혀,
이념과 이념의 다른 저울눈에 갇혀

문을 걸어 잠그지만

어린이는

새에게도, 달에게도

단 하나의 문을 활짝 연다.

실크로드의 출발점인가

실크로드의 종점인가

돈의 신이 다시 고개 드는

늙은 서안

현장의 탑 앞에서 손 벌리는

걸인을 보다가 열십자 길을 꺾어 지나노라니

담장 아래 조무래기 어린이들

쉰으로 일흔으로

와글와글 깔깔깔

새순 같은 손을 흔들어 작은 손바닥마다

아침 햇살 확 퍼져

여든 아흔 온 얼굴이 꽃이라

티 없는 사람 공화국!

말 배우기 전의

어린이는 이쁘다.
엄마, 아빠 그리고 맘마
그런 말을 배울 때의
어린이는 신이다.
정말 모든 것의 길이다.

시간의 감옥 · 1

시간은 가는 것도
오는 것도 아니다.

바닷물처럼 언제나 출렁이는
출렁이는 허공이다.

나무는 시간을 모른다.
바위도 모른다. 지렁이도 모른다.

사람만 시간의 수갑에 묶여
그들이 만든 신(神) 앞에 꿇어앉는다.

시간이 없다고 말하지 말라
시간이 빠르다고 말하지 말라

시간은 없는 것도 아니고
있는 것도 아니다.

있는 것은 있다고 하는 자뿐이다.
빠르다고 하는 것은 빠르다고 하는 자뿐이다.

시간의 감옥 · 2

시간의 허허로운
모랫벌에는

한 소절의 음악도
아침이슬처럼 머물다 가고

날아온 씨앗도
그의 자궁을 열지 않는다.

문자도 비틀비틀
바람이 되고

금고 안에 잠든 말씀도
영 잠 속에서 일어나지 않는다.

작은 벌레가 더듬이를 더듬으며
가을밤 나뭇잎에 숨어 울듯이

시간의 막막한 사하라에는
빨간 한 송이 사랑도, 한 모금 차(茶)도 없다.

가도가도 개밥별 흩어져 있는
길 잃은 바람벌뿐이다.

글안(契丹) 그 여자
— 어느 미이라

삶을 더 열지 않는다.
구름이 머물러
쑥국새 한나절 우는
까마득한 벼랑머리에
머리를 누이고 한 일 자로
자는 여자, 서른 조금 지난.
유리상자 안에서
가만히 숨쉬는 여자.
오랑캐라 목이 베인
젊은 사내의 살아생전 불같은 입맞춤,
지금은 어디선가 헤맬
엄마라 달라붙는 새끼들의 주둥이,
젖은 개펄처럼 말라붙어 있지만
야무진 그 여자의 이마는
몇 올의 머리칼이 가리고
팔, 다리, 배, 가슴, 불두덩
단정하다, 조용하다.
느릅나무잎, 창가를 기웃대는

방안의 숨막히는 숨결,

다 썩을 저 아래

몸을 뒤채이며 검은 강이 흐른다.

평화 · 1

수런수런 꽃 지는 주일에도
평화교회는 고요하다.
좁다란 어깨의 종탑 위에
노랗게 녹슨 십자가
종이 울리지 않는다.
'평' 자의 머리 위에
지지난해의 까치집, 그 위에
지난해의 까치집, 또 또 그 위에
십자가, 그 곧은 끝에서
포도주 한 잔의
까치가 운다.
바람이 사방으로 들락거리는
바람의 길로
하루 종일 굶으면서
국적 없는 햇살들의
소꿉장난이 한창이다.
젖은 오월
꽃을 버린 나무마다

초록의 깃발이 펄럭이고
흰구름 한 점
기웃거린다.
하늘나라 먼 나라
평화교회는 참 고요하다.

평화 · 2

다 일하러 나간
빈 집, 한 칸의
토방에
모처럼 모여
햇살이 논다.
온종일 까르르 깔깔
꽃살 같은 빨간 발가락들
바삐 어딜 가다가 나비도
함께 와 논다.
비가 지나시려는지
잠깐 구름 속에
해가 숨는다.

햇살 한 줌

쬐금 남은
겨울 빈 터에
모이처럼 잠깐
앉았다 가는 햇살,
노래도 마르고
혁명도 없는
벼랑의 응달에서,
청춘도 시들고
말도 쫓긴
눈 쌓인 비탈길에서,
건넛산을
바라다본다.
산자락에 절을 낳고
응아응아 울다
절로 꼬부라진 절
의, 깊은 주름살
위에
한 줌 머물다 가는
햇살.

너에게도 꽃피는 가슴이 있다

쓸쓸한 저녁
뜨거운 사상 때문에
총이 되고 칼이 된다는 것은
비인간적이다!
하지만 어쩌랴.
땅은 죽고 하늘은 잠들어
검은 바람 휘몰아치니
지하에 숨은 불빛,
거룩하여라.
거룩한 너의 단식과
단단한 너의 발자국마다
우리네 눈물이 고이지만
끝없는 모랫벌은 늘 뜨겁다.
모랫벌을 온 힘으로 기어가면서
뼈만 남은 네 몸에도
어머니는 뿌리처럼 숨어 있어
아, 젖가슴도 수줍게 숨어 있어
봄날을 기다리고 있다는 것은

실로 인간적이다!

하지만 또 어쩌랴.

길은 뿔뿔이 흩어지고 능금은 짓밟혀

이리 떼 미쳐 날뛰니

네 흔들리는 뼈,

먼 등불처럼

거룩하여라.

들국화 · 1

너를 잊은 지 오래였다.
이력서를 쓰다가, 지폐를 세다가
잔고가 다 하던 날, 비밀번호 같은
젊은 날의 절을 찾았다.
절은 이미 열반하시고
잡풀 우거진 샘가에
네가 있었다.
보랏빛 얼굴로
네가 있었다.
안개가 숨은 강을
내려다보며 통곡하던
내 맑은 피,
그때 너는 내 사람이 아니었다.
내 위안이 아니었다.
이 항구 저 골짝
구름으로 떠돌다가
돌아온 산천,
그날의 첫사랑처럼

고대로 너는

서 있었다. 수줍은 신부로

서 있었다.

참 너를 잊은 지 오래였다.

발목이 쉰 반백의

아, 설핏한 귀향.

빈 방 · 1

그리운 이가

외출한 방은

더 넓다.

햇살이 풀풀 나른다.

구석구석 복사꽃 음악이 일렁인다.

살에 마음을 섞고

마음에 살을 섞는

이 적막한 땅 위의

하나, 작디작은 방

밤 느즈막까지

감싸는 불빛

작은 들꽃들이 하늘 꽃잎을

이마로 받드는

오솔길 위로

잘 익은 포도주의 향내가 가득하다.

돌아오는 사람의

발자국 소리를

기다리며

다섯 개의 층계를 올라

두 마리 새의 둥주리

비바람 두 팔 벌려

막아주는

나의 나무,

사랑하는 사람아

빈 방 · 2

두고 간
그네의 어깨를 닮은
우윳빛 화장병과
가만히 걸린 거울

햇살로 가득하다.

물먹은 빨간 꽃이
묵향처럼
혼자서 벌어진다.

제5부

하늘나라 하얀 섬

강자의 저녁 식사

코소보에선 사람들이 떼지어 죽는데
소보로 빵을 부수는 아침은 건강하다.
이유 없이 쏟아지는 포탄의 축제와
총알을 뿜는 싸움의 피물결은
누구의 숨은 연출인가.
이발사도 집을 버리고
유아원 교사도 어린이를 버리고
신을 버리고, 교과서를 버리고
정처 없이 떠나던 유월
몸만 성하라, 맘이 대수냐
국방색 총알이 드르륵 드르륵
달려오던 날의 황토빛 배고픔.
응접실 소파에 묻혀 커피 잔을 비우며
피 흘리는 것들을 티브이로 즐기는
비계의 저녁은 싱싱하다.

안개꽃

1

물러나 바라보면
너는 자욱한 눈물이다.
깊은 골짜기의 물소리다.
하지만, 다가서면 너는
자잘한 욕망, 더듬거리는 점자(點字)다.
맨발로 서서 오줌 누던 날의 동무다.

2

모여야 꽃이 되는 꽃
흩어지면 별이 되는 꽃
너는 향(香)을 버렸다.
만나는 사람마다
꿈이 있느냐
이렇게 너는 글썽거리며 묻지만
너는 이미 꿈을 버렸다.

3

꿈을 버린 자는 아름답다.

꿈을 모르는 자는 더 아름답다.

무인도(無人島) 머리 위에 떠도는 낮달처럼

나풀대는 네 머리칼!

늙은 어느 농투사니의 혼잣말 · 1

나라꼴이 이게 무어냐

국회의원이라는 것들이

투표할 때만 굽실굽실

입에 꿀을 바르고

온갖 아양 다 떨지만,

되기만 하면 이제는 남,

높은 어른이 되어

영 딴사람으로 변하는구나.

논 매다 호미 들고

여의도 갈 수도 없고

도리깨질하다 도리깨 들고

서울 한복판 나랏님한테 갈 수도 없고

장작 패다 도끼 들고

더더욱 존엄스런 곳에 갈 수 없으니,

어떡하라는 거냐

옳지 옳지, 내 아들딸들아

대학상 너희만 살아 있어서

유독히 네 애비 네 에미

심중을 잘 알아서

거리에 나서서 대신 소리를 치는구나

내 아들아. 내 딸들아

파렴치한 벽,

뻔뻔스런 이마빡에다

돌을 던지는구나.

늙은 어느 농투사니의 혼잣말 · 2

막걸리 한 잔 걸쳤어유.

모내고 나니 마음이 놓여서유.

서울서는 쌀 한 가마에 십만 원 한담서유?

서울 양반덜은 그게 비싸다고 한담서유?

시골서는 팔만 삼천 원인디

한 마지기 이백 평에 제우제우 세 꼴

삼팔은 이십사, 이십사만 원인디유.

십만 원 웃도는 농약값, 품삯, 기계값, 또 **빼**면 뭐 남어유.

뭐, 많이 남는다구유? 그러유.

남저지 십만 원 **쬐**금 넘으니께

열마지기래야 백만 원, 한 섬지기면 이백만 원이 남는 꼴
인디

여러 식구 먹구 살아야지유.

그럴라면 고등핵교 한 애두 제대로 가르칠 수 없다구유.

대학말유? 어림두 없지유.

제우제우 애비 못 밴 죄루 땅이나 파먹고 사는 바람에

자식만은 고상시키지 않으려고 고등과는 이 악물고 가르
쳤지유.

근디 그것도 공부했다고 나오자마자 서울로 내빼덩걸유.

노인과 할망구만 남아 농사라구 짓지유.

밭농사가 있지 않으냐구유?

그게 어디 타산 맞남유, 뱀밑이나 놔 먹는 거지유.

말이야 바루 말이지

이 시골 구석에 논밭 천지지만

열마지기 이상 가진 사람 있으면 나와보라구 해유.

다 서울 사람덜 거래유.

개발이다 뭐다 하면 비까번쩍 자가용만 들랑거리고

죽는 건 촌사람이지유.

보는 것, 듣는 것은 있어서 테레비다, 냉장고다,

농협 외상 이자빚 물기도 뼈빠진다구유.

말짱 다 도둑놈덜이라구유, 큰 도둑놈, 작은 도둑놈, 등쳐
먹는 놈덜 뿐이지유.

이짓 그만하자니

어디 가서 할 일도 없당께유, 비리비리한 눔 노가다판에
서 어디 받남유.

죽지 못해 사는 거지유.

남은 몇 뙈기 논밭 다팔아야 어디 대처 가서

집 한 칸 장만할 수 있남유.

천에 하나 집 한 칸 사글세로 얻는대두 뭐해서 목구멍에

풀칠한대유.

천상 배운 게 이짓밖에 읎으니 평생 땅 파먹다 죽는 일

밖에

다른 도리가 읎구만유.

서울 양반덜 듣남유?

얼레 코고시네, 고단한감유.

늙은 어느 농투사니의 혼잣말 · 3

꽉 숨 맥혀

웬 인간 종자덜이

저렇게 바글댄담

여기 봐도 인간 저기 봐도 인간

걸리는 게 인간이니

사람이 아니라

벌레 한 가지구먼, 아이 징그러

다 뭘 먹고 산디야

눈부비고 봐도 사방 어디 하나

다락논 한 뼘도 읎구 묵정밭 한 뙈기두 읎어

쌀 한 톨 보리 한 톨 나올 데라군 읎는디

하느님은 여기에만 와 사시는지

다덜 하얗고 미끈미끈히야

햇빛 그을러 거무튀튀한 날

자식놈은 챙피하다 야단혀도

손가락 스무마디 굵은 날

기름이 번드르르한 양반은

비켜라, 비켜라, 촌년이라 눈 흘기니

가난해도 추녀에다 참새 알 까는

내 집이 좋아라

오나가나 작은 차 큰 차

뽕뽕 두 눈에 불을 켜고

얽혀섥혀 달리는디

어디가 사람댕기는 질인지

동서남북 알 길이 읎구

돈바람만 쌩쌩

동짓달 설한풍처럼 부는디

무섭다, 어서 가자. 남행열차 타고

앞바다 보름사리

찔레꽃 피는 내 마을,

어린애 우는 소리 그친 지 오래지만

늙은이끼리 물꼬 보고 모심고 그런지 오래지만

가자, 빈 보퉁이 들고

어여 가자 기다리는 빈 마을로

하루 품 하루 팔아

겨우겨우 살아가는

달동네 내 새끼야

높디높은 남의 집 짓다가

허리뼈 다친 내 새끼야

죽어도 여기서 죽는다고 고집부리지 말고

가자 어여 아침저녁 까치 우짖는 동네로

여기가 어디 사람 살 데냐

가자, 굴뚝에 연기 피어오르고 새벽닭 우는 동네로

가자, 싸게, 늙은 에미 따라 나서, 얼른.

하늘나라 하얀 섬

섬에선 좋다고 서로
포옹하는 게 아니란다.

나무도 저렇게 혼자서 천 년을 혼자
바다 끝을 바라보고 있지 않니?

섬에선 눈에 든다고 서로
입맞춤 하는 게 아니란다.

바다가 저렇게 파란 얼굴로
빤히 쳐다보고 있지 않니?

섬 두고 다른 걸
사랑하는 게 아니란다.

바위틈에 엉겅퀴를 키우며 섬은
소금처럼 안으로 울음을 감추고 있지 않니?

섬에선 뭘 좀 안다고
아는 체 하는 게 아니란다.

찢어진 바람이 다 부수고 가도
언제나 말이 없지 않니?

구름산

멀다가 가찹다가
아른거리는 그림자의
마음을 어이 알리야

산에 꽁꽁 숨겨둔
너의 법전을
한평생 찾아 헤매야 하랴

하나의 하나님을
모시는 풀잎 끝에는
새벽마다 그렁그렁 고백이 맺힌다

물 위로 날아가는
새의 날개에
부서지는 붉은 햇살

거센 바위의 살에
박힌 저 문자는

누구의 암호냐

백리 길 또 천리 길
머언 먼 떠돎의 나룻머리에서
바라보는 이 마음 뉘 알리야

사랑, 육체 없는

물에 물을 포갠다.

불에 불을 포갠다.

흩어진 모래알마다

맑은 불꽃이 튄다.

튀어오르는 욕망의 공이

하늘로 솟아오른다.

올라가는 어름에

구름이 낮잠을 자고 있다.

피 없는, 살이 없는

만남의 고요,

이 고요의 뜨거움을

날개라 하랴.

첩첩산중의 법이라 하랴.

사랑에는 뼈가 빠져야 하느니

사랑에는 사랑이 빠져야 하느니

둥그런 둥그런

길의 마침에서 또 길은 시작한다고?

거울 속의 그림자여

마지막 타는 노을이어

초록빛

초록빛 속에는
샘이 숨어 있다.
옹알옹알 어린애가
젖을 물고
말을 배운다.

초록빛 물 안에는
선홍빛 부리 고운
팔랑팔랑 새끼 새
창공을 날
운동 연습이 한창이다.

새의 파닥이는
나래 끝에
출렁출렁 가슴을 여는
초록빛 바다가 융단처럼 펼쳐 있다.

이 세상 가장 작은

오, 오솔길의 창!

풍경 · 1

1

바람 난

복사나무

연지 찍고 곤지 찍고

시집가는 날,

살 다 드러난 붉은 언덕에

댕그랑 댕그랑 혼자서 우는

비인 일요일,

흙벽돌로 쌓아서 올린

서너 살 젖먹이 교회.

장구 치고 북 치며 벌 날으는

꽃송이 가지 사이로

모처럼 일손 놓고

분홍 치맛자락

한 계단 한 계단 올라가고

조올다 누렁 강아지 눈비비니

꼬꼬 수탉이 암탉을

좋는 봄날,
함푹 알을 품듯
하늘이 내려온다.

2

보리도 달이 차
통통 배 오르니
우물가 앵두
절로 익네요
흰구름 너머
종달이
해종일 울고
물아래 뽕밭에선
쑥국쑥국 쑥국새
잃은 자식 찾네요
사금파리 찔레 덤불엔 꽃배암
따리 틀면

순아, 울고 넘은 하얀 고개엔

뽀얀 아지랑이만 피네요.

풍경 · 2

빈 방, 유리그릇
복숭아 한 알,
통통한 여름의
햇살로 고인.
물 언저리로
초가을 햇살이
어정거린다.
너, 집이 있느냐
그렇게 묻는다.
날카로운 칼이
집을 쓰고
말없이 그 옆에 눕는다.
살내음,
빙글빙글 번지는
물무늬.

한 방울 술로

손바닥만한 서정시에

나는 갇혀서

날다가 떨어진 이무기인가

접시물 사랑에

젊음은 갇혀

맨날 파닥거리는

거미줄 나비인가

세상은 넓고

어디나 길은 열려 있다는데

길도 없이 힘도 없이

골방에 갇혀

점자를 읽어가는 벌레가 되어

남 다 자는 한밤중

지렁이 울음 울고 있는가

뜨거운 바다여

바다의 불붙는 혀여

이 남은 한 방울 술로

피맺히도록 사막을 가로질러

가리라

이 붉은 한 방울 술로

살 다 해지도록 이 어둠 뚫고

가리라

어느 계산

너에게서
나를 빼면
낮달이다.
낮달에다 나를 보태면
바다다, 떠도는 섬이다.

나에게
너를 보태면
꽃이다.
꽃에다 너를 보태면
화염이다, 불타는 벼랑이다.

너를 나에게
나를 너에게
곱할 수도 나눌 수도
없는 저녁
눈물이 고인다.

비

1

비가 온다
가을날
부음(訃音)처럼
마른 나무, 뼈만 남은 나무
묻힌 불씨, 가슴에
박힌다
못처럼
화살처럼.

2

강 건너
지나가는
밤비
떠돌이의 소매를 적시는
가느다란 불빛,
스러졌다 다시 살아나는.

낮달, 진달래, 민들레의 이미지
― 조재훈의 시세계

이은봉(시인 · 광주대 문예창작과 교수)

1

　조재훈의 시는 좀처럼 한몫에 가늠하기 힘들다. 얼핏 생각하기와는 달리 매우 복잡하고 다양한 스펙트럼을 지니고 있는 것이 그의 시이다. 낱낱의 작품을 꼼꼼히 들여다보면 현대시의 온갖 특징을 포괄하고 있는 것이 그의 시라고 할 수 있다. 그의 이들 시 중에는 발레리나 말라르메의 영향을 짐작케 하는 무의미의 시들도 적잖고, 서구 아방가르드의 영향을 엿볼 수 있게 하는 실험적인 시들도 적잖다. 그런가 하면 전통적 서정의 향기를 물씬 풍기는 시들도 상당하고, 동양 고전의 악부시나 서구 중세의 발라드로부터 받은 영향을 짐작케 하는 시들도 상당하다. 뿐만 아니라 그때그때의 사회문제에 직접적으로 대응해온 참여시나 민중시라고 할 수 있는 작품도 큰 비중을 차지하고 있다.

이들 다양한 경향의 시 가운데 여기서 살펴보려고 하는 것은 이른바 전통적 서정을 깊이 담지하고 있는 것들이다. 이들 시는 우선 좀 더 깊이 있는 심미적 감동을 향유케 한다는 점에서 눈길을 끈다. 이 글은 이들 경향의 시 가운데에서도 비교적 쉽게 확인할 수 있는 핵심 이미지이나 상징을 중심으로 그의 시세계가 지니고 있는 일련의 특징을 살펴보려는 데 목표를 둔다.

이들 핵심 이미지나 상징이 함유하고 있는 내포는 기본적으로 암시적이고 다의적이다. 그렇다고는 하더라도 그의 시를 좀 더 정확하게 이해하기 위해서는 이들 핵심 이미지나 상징의 의미를 제대로 파악하는 것이 선결과제라고 하지 않을 수 없다. 핵심 이미지나 상징의 패턴과 의미를 알게 되면 그의 시에 대한 이해가 훨씬 깊어질 것이기 때문이다. 이때의 핵심 이미지나 상징은 어머니와 아버지, 동생 등 가족의 내포를 담고 있는 낮달, 진달래, 민들레 등을 가리킨다. 이들 이미지가 내포하고 있는 가족의 내포를 추적해 그의 시가 지니고 있는 일련의 특징을 살펴보려는 데 본고의 목적이 있다는 뜻이다.

2

조재훈의 시에서 '낮달'의 이미지와 함께하고 있는 '진달래' 와 '민들레' 의 이미지는 매우 독특한 의미영역을 갖는다. 일단은 가족과 관련된 체험을 바탕으로 하고 있는 것이 '낮달' 의 이미지로 수렴되고 있는 '진달래' 와 '민들레' 의 이미지이기 때문이다. 지속적으로 친족적(親族的) 연민을 산출하는 가운데 보편적 정서에 이르고 있는 것이 '낮달' 과 '진달래', '민들레' 의 이미지라는 것이다. 물론 이들 이미지 가운데 좀 더 중심이 되는 것은 '낮달' 의 이미지이다.

조재훈의 시에서 '낮달' 의 이미지는 일단 어머니의 내포를 갖는다. 이러한 내포를 갖는 '낮달' 의 이미지는 오늘의 그의 시를 있게 한 가장 큰 원동력인 것으로 보인다. 이러한 언급이 가능한 것은 그의 시에 예상 외로 자주 등장하는 것이 어머니와 관련된 낮달의 이미지이기 때문이다.

그의 시 「어머님의 묘」에 따르면 "핏덩이 동생을 두고/젊어 세상을 버린" 것이 어머니이다. 지금은 "바다가 내려다 뵈는 그/작은" "황토 언덕"에 묻혀 있지만 어머니에 대한 그리움과 연민은 그의 시를 이루는 기본 정조라고 해도 과언이 아니다. 그의 시에 드러나 있는 어머니에 대한 이러한 정서가 '낮달' 의 이미지를 통해 형상화되어 있는 예로는 우선 「응달」을 들 수 있다. 이 시에는 "어쩔거나 어쩔거나/겨우내 가슴앓이/우리 어머님"이 "영 너머/뻐꾹새 울음 번지는/낮달"과 병치되고 은유되어 있다. 여기서 병치되고 은유되어 있다는 것은 이들 두 이미지가 궁극적으로 '어머님=낮달' 의 이미지망을 형성하고 있다는 것을 가리킨다. 낮

달의 이미지로 드러나 있는 어머니에 대한 그리움과 연민
은 다음의 시에 의해 좀 더 구체화된다.

굶다가 병들어
숨 거둔 어린 동생
빈 산 비탈에 묻고
묻힌 눈물 죄다 삭은 뒤
캥캥 여우 울음 따라
허옇게 억새꽃이 날렸다.
울음 끝에 숨죽인
울 엄니 낮달이
가만히 동치미국물 한 사발 들고
열 뜬 머리맡에
떠 있다.

— 「낮달」 전문

　이 시에서 먼저 주목해야 할 구절은 8행의 "울 엄니 낮달"
이다. 이 구절에서 '울 엄니'의 이미지와 '낮달'의 이미지
는 아무런 문법적 요소의 도움이 없이도 하나로 연결되고
있다. '낮달'이 곧 '울 엄니'라는 발상을 단도직입적으로
투사하고 있는 것이 이 구절이라는 것이다. 따라서 이 시
역시 '울 엄니=낮달'의 구조를 보여주고 있다고 할 수 있
다. 앞의 시에서와는 달리 이 시에는 연의 차원이 아니라
어휘의 차원에서 병치은유의 기법이 응용되어 있다. 연의
차원이든, 행의 차원이든, 어휘의 차원이든 병치은유를 통

한 이미지의 생산은 에즈라 파운드 등 서구 모더니스트들이 자주 이용해왔던 기법이다. 전통적인 서정시의 분위기를 물씬 보여주고 있기는 하지만 이처럼 그의 시에는 세련된 현대적 기법이 응용되어 있다는 것이다.

이 시에 의하면 시인 조재훈이 무엇보다 "굶다가 병들어/숨 거둔 어린 동생"의 장형이고, "울음 끝에 숨죽인/울엄니"의 장남이라는 것을 알 수 있다. 이로 미루어 보면 '낮달'로 표상되는 '울엄니'의 일생이 매우 고단하고 힘들었으리라는 것도 쉽게 짐작된다. 물론 그의 시에서 '낮달'의 이미지가 단지 '울엄니'의 알레고리로만 존재하는 것은 아니다. '낮달'의 이미지를 매개로 하여 그의 가족사 전체를 엿볼 수도 있기 때문이다. 이와 관련하여 예로 들을 수 있는 그의 시는 「겨울 낮달」이다. 이 시는 그의 첫 시집 『겨울의 꿈』의 모두(冒頭)에 실려 있는 점만으로도 충분히 주목이 된다.

이승에 놓아 둔
무거운 빚을
아직 머리에 이고 계신가요.
수척한 산등성이에
숨어 오셔서, 쩔룩쩔룩 숨어 오셔서
핏덩이로 남긴 막내가
배다른 형제들 틈에 끼여
어떻게 섞여 크는가,
수수깡 울타리 속에서
배곯지 않는가 보려고

핏기 없는 얼굴로
서성거리고 계시군요.
(…중략…)
불 끄고 한밤중
홀로 눈물 삭히던 울음,
얼음 아래 나직이 들리고
집 나간 지아비 기둘려
발등 찍어 호미날에 묻어나던
복사꽃 상채기,
머언 연기로 보여요.
빈들이 잠들고
산 하나 경전(經典)처럼 누워 있는
무심한 이승에
모처럼 나들이 와 계신가요.

— 「겨울 낮달」 부분

병치은유의 예는 이 시에서도 역시 발견된다. "복사꽃 상채기"와 같은 구절이 그 구체적인 예이다. '복사꽃'의 이미지와 '상채기'의 이미지 사이에 '~같은' 등의 문법적 자질이 사용되었더라면 아무런 새로움도 태어나지 않을는지도 모른다. 이처럼 그의 시에는 전통적 서정이 바탕으로 하고 있으면서도 항상 새로운 이미지가 창조되어 있다. 하지만 정작 중요한 것은 이 시에 함유되고 있는 '낮달'의 이미지 자체이다. '낮달'의 이미지가 어머니의 내포 및 그의 가족의식 일반을 함유하고 있기 때문이다.

이 시에 따르면 "젊어 세상을 버린 어머니"(「어머님의 묘」)의 경우 "이승에 놓아 둔/무거운 빛"이 있는 분이라는 것을 알 수 있다. "수척한 산등성이에" 낮달로 "숨어 오셔서, 쩔룩쩔룩 숨어 오셔서" "무거운 빛을" "아직 머리에 이고 계신" 분이 그의 어머니라는 것이다. 이 시에서 그의 어머니는 기본적으로 전통적 조선의 여인상으로 그려져 있다. "새벽닭 울 때마다 매양/안개 피어오르는 바다 위로/큰 기침하며 버선발로 오시던/우리 한울님을" 모시고 살기 때문이다. "집 나간 지아비 기둘려" "불 끄고 한밤중/홀로 눈물 삭히던" 분이 그의 어머니이고, 혼자서 밭일을 하다 "발등 찍어 호미날에" "복사꽃 상채기"가 "묻어나던" 분이 그의 어머니이다.

 이러한 그의 어머니가 "아직 머리에 이고 계신" 가장 "무거운 빛"은 "핏덩이로 남긴 막내"라고 생각된다. "배다른 형제들 틈에 끼여/어떻게 섞여 크는가"를 낮달로 떠서 바라보고 있는 구절에 따르면 "핏덩이로 남긴 막내"는 어머니의 소생이 아닌 것처럼 보인다. 그럼에도 불구하고 낮달로 떠서 막내가 "수수깡 울타리 속에서/배곯지 않는가 보려고/핏기 없는 얼굴로" "서성거리고 계시"는 것이 그의 어머니이다. 기본적으로 이는 어머니의 사랑이 의붓자식인 막내에게까지 미치고 있다는 것을 말해준다.

 물론 위의 시 「겨울 낮달」에서의 낮달, 즉 "서성거리고 계시"는 어머니의 마음에는 시인 자신의 자아가 투영되어 있다고도 할 수 있다. 이러한 점은 시인이 일찍 어머니를 여읜 집안의 장남이라는 점을 알면 좀 더 분명해진다. 자신도 모르게 일종의 장남의식을 드러내고 있는 것이 여기서 낮달의 이미지라는 것이다. 따라서 정작 "우는 막내의 연 끝에/땀 밴 은전 몇 닢을/놓"은 것은 어머니가 아니라 시인 자신일는지도 모른다. 이는 예의 "무거운 빚"이 유학 중인 베이징에서까지 따라와 그로 하여금 '낮달'을 바라보지 않을 수 없게 하는 구절을 통해서도 확인된다. 낮달로 떠서 "다른 나라/인심 사나운 땅까지/물어 물어" 찾아와 자신을 "말없이 내려다보시는"(「베이징 낮달」) 것이 그의 어머니이기 때문이다.

이 시 「베이징 낮달」에서도 병치은유는 시를 읽는 재미를 강화시킨다. "이슬새벽"과 같은 구절이 그 대표적인 예이다. 이 시에서는 아예 '이슬'이라는 이미지와 '새벽'이라는 이미지가 "새벽이슬"이라는 복합적 이미지로 병치은유되고 있다. 물론 이들 병치은유와, 그에 따른 이미지는 어머니에 대한 그리움을 좀 더 효율적으로 드러내려는 그의 시적 운산(運算)에서 비롯된다. 이때의 그리움의 정서에 장남으로서 가족에 대한 그의 책임감이 깊이 묻어 있으리라는 것은 불문가지이다.

이로 미루어보면 조재훈의 시에 함유되어 있는 '낮달'과 함께 하고 있는 '모상실 의식'은 그 자신이 느끼고 있는 가족에 대한 깊은 책임감에서 비롯되고 있는지도 모른다. 또 다른 시에 따르면 "말도 못하고 까맣게 입술이 타/세 살에 죽은 동생,/민들레"(「민들레」)에 대한 아픈 기억을 갖고 있는 것이 그이기 때문이다. 뿐만 아니라 이 "세 살에 죽은 동생"이 "굶다가 병들어/숨을"(「낮달」) 거둔 고통의 체험을 갖고 있는 것이 그이기도 하다. 이러한 일들이 사실이라면 그가 가족들의 부양에 과도할 정도로 집착하는 것은 오히려 당연한 일일 수도 있다.

3

'낮달'의 이미지와 함께하고 있는 조재훈 시의 또 다른 핵심 이미지는 '진달래'와 '민들레'의 이미지이다. 진달래와 민들레의 이미지 역시 일제강점기와 8·15해방, 6·25 전쟁을 통해 심화되어온 그의 가족 모두가 겪은 고통을 담고 있어 더욱 주목이 된다. 물론 여기서 말하는 고통은 배고픔과 굶주림의 체험을 가리킨다. 그렇다. 그의 시 중에는 배고픔과 굶주림의 체험을 형상화하고 있는 것이 적잖다. 배고픔과 굶주림의 체험은 인간의 가장 원초적인 욕망인 식욕이 과도하게 억압되었던 고통을 바탕으로 하기 마련이다. 그러니 만큼 이때의 고통은 매우 심각한 트라우마(정신적 외상)로 존재하기 쉽다. 생명이 있는 존재에게는 누구에게나 가장 참기 힘들고 견디기 힘든 것이 배고픔과 굶주림의 고통이기 때문이다.

그의 시에서 배고픔과 굶주림의 체험은 대부분 진달래나 민들레의 이미지로 구체화되어 있어 좀 더 관심을 끈다. 특히 진달래의 이미지는 같은 제목의 시가 두 편이나 있어 시인 조재훈의 구체적인 의식지향을 엿볼 수 있게 한다. 그의 시 중에는 이처럼 진달래의 이미지를 통해 배고픔과 굶주림의 시원적 고통을 형상화하고 있는 예가 적잖다.

> 배곯은 얕은 산 산자락에
> 모처럼 햇살이 철철 넘쳐
> 여우 새끼치는 애장 덩쿨 따라
> 까르르 깔깔
> 긴긴 해 용천배기 간지럼 치는 소리
> 간 빼 먹는 소리
>
> —「진달래」 전문

이 시에는 배고픔과 굶주림의 체험이 빼어난 이미지들을 통해 그려져 있다. 시각적 이미지와 청각적 이미지가 교차되고 착종되는 가운데 독특한 심미적 형상을 획득하고 있는 것이 이 시이다. 이 시에는 우선 '진달래'라는 시각적 대상을 '간 빼어 먹는 소리'라는 청각적 대상으로 전이해내는 시적 기교를 보여주고 있어 관심을 끈다. 뿐만 아니라 이 시는 보릿고개 시절의 설움이 녹아 있는 결 고운 서정, 민족 민중의 보편적인 체험과도 연계되어 있는 시인 자신의 개인사적 체험에 기초해 있는 응축된 이야기를 보여준다.*

제목은 「진달래」이지만 이 시의 본문에는 '진달래'라는 말이 한 번도 쓰여 있지 않다. 진달래의 이미지로부터 연상될 수 있는 전통적이고 신화적인 상징만 응축되어 있을 따름이다. 여기서 전통적이고 신화적인 상징이라는 것은 진달래가 피고 보리가 익는 봄날에 산이나 들에서 만날 수 있는 용천배기(문둥이)가 사람들의 간을 빼먹는다는 속설을 가리킨다.

물론 여기서 이러한 얘기를 하는 것은 이 시에도 역시 현대시의 중요한 기법이 익히 응용되어 있다는 것을 강조하기 위해서이다. 이 시는 무엇보다 언술 내용 자체가 제목인 '진달래'의 해석적 의미로 드러나 있어 관심을 끈다. 제목을 이루는 기표인 '진달래'가 언술을 이루는 기의인 내용과 상호 은유의 관계로 존재해 있다는 것이다. 따라서 이 시의 제목과 내용의 경우, 곧 보조관념과 원관념의 경우 기본적으로는 일 대 일의 관계를 이루고 있지만 실제로는 일즉다(一卽多)의 관계, 나아가 일이이(一而二)의 관계, 곧 불이(不二)의 관계를 이루고 있다고 할 수 있다.

이처럼 그의 시의 도처에는 현대시의 다양한 기법이 응용되어 있어 주목이 된다. 현대시의 다양한 기법이라고 하면 흔히 모더니즘 시를 떠올리거니와, 그의 시에 드러나 있는

---

*이은봉, 「혼돈의 시대, 질서 찾기의 몸부림들」, 『진실의 시학』, 태학사, 1998 참조.

기법 또한 이와 무관하지 않아 보인다. 모더니즘의 시대를 기법의 시대라고 할 때의 기법을 십분 응용하고 있는 것이 그의 시라는 얘기이다. 결국 이러한 논의는 그가 모더니즘 시 일반에 대해서도 깊은 이해를 갖고 있다는 뜻이 된다.

위의 시 「진달래」에는 "모처럼 햇살이 철철 넘쳐"와 같은 긍정적인 이미지가 쓰여 있어 지금까지의 시와는 달리 밝은 느낌을 준다. 배고픔과 굶주림이 발상의 근간을 이루고 있기는 하지만 의외로 이 시는 '환한 그늘'을 보여준다. 여기서 말하는 '환한 그늘'은 밝으면서도 어두운 정서, 맑으면서도 탁한 정서, 이른바 '흰그늘'의 정서를 가리킨다. 물론 이는 이 시가 지니고 있는 정서의 양가성, 즉 정서의 복합성을 뜻한다.

그런데 같은 제목의 다른 시 「진달래」에서는 이러한 정서를 찾아보기가 쉽지 않다. 굶주림과 배고픔이 주는 정작의 서러움을 함유하고 있는 것이 이 시 「진달래」이기 때문이다. 이 시의 "미역국에/하얀 이밥 한 그릇 먹기/평생 소원이던/울 엄니/무덤에/펄펄 날리는/창백한 눈발을 아는가// 굶어 누우런 골마다/활활 산이 타오르고/염병이 돌아, 염병이 돌아/지잉 징징/밤새 징이 울고"와 같은 구절이 그러한 정서를 잘 드러내주고 있다. 물론 이 시에서도 '진달래'의 이미지는 "울 엄니"와 관련해 그의 가족형상 일반을 되돌아보게 한다.

진달래의 이미지를 기초로 하고 있는 이 시는 무엇보다

"사흘 넘겨 연기나지 않던/어린 날"을 살았던 것이 시인 조재훈이라는 것을 유추할 수 있게 해준다. 뿐만 아니라 일찍 돌아가신 시인의 어머니가 바라던 평생의 소원이 "미역국에/하얀 이밥 한 그릇 먹는" 것이라는 것도 알 수 있게 해준다.

그러나 그가 이때의 삶을 견디기 힘든 고통과 질곡으로만 기억하고 있는 것으로 보이지는 않는다. 그보다는 오히려 이때의 삶을 담담한 역사의 일부로, 나아가 자기 시대 전체의 보편적 현실로 받아들이고 있는 것으로 보인다. 이는 그가 가난으로 인해 어렵고 힘들게 살아온 자신의 가족사를 일종의 그리움으로, 향수로 받아들이고 있는 것을 통해서도 확인이 된다. 힘들고 어려웠던 그 시절의 삶이 이제는 아름다운 기억과 추억의 하나로 존재하고 있다는 얘기이다. 이는 "마흔을 넘어서니/등에서 찬바람이 분다"고 하면서 "마흔 다섯에" "눈도 못 감으시고" "눈 오는 날 이승을 뜨"신 어머니를 그리워하고 있는 그의 시 「등바람」을 통해서도 증명이 된다. 그에게는 그 시절의 고통과 질곡이 이미 따뜻한 추억과 기억의 하나로 존재하고 있다는 것이다.

이처럼 어렵고 힘들게 살아온 가족들이 모두 한자리에 모여 마음을 푸는 날을 그는 어머니의 제삿날로 설정하고 있다. 어머니가 "눈 오는 날 이승을 뜨셨다"(「등바람」)는 표현으로 미루어보면 "소 같은 눈물도/차례차례 모"(「눈 쌓이는 날」)이는 날은 제삿날이라고 해야 옳기 때문이다. 이날의

171

체험을 그는 같은 시에서 "민들레 씨앗/바람에 불려 뿔뿔이/흩어진 정붙이 살붙이/한 백년 만인가/한 방에 모인다"라고 노래하고 있다. 이 시의 이어지는 구절인 "젊은 날의 찢어진 일기"(「눈 쌓이는 날」)에 따르면 한때는 시인 조재훈이 자신의 가족이 처해 있는 형편을 매우 고통스럽게 인식하고 있었다는 것도 알 수 있지만 말이다.

　진달래의 이미지와 함께 하고 있는 민들레의 이미지는 좀 더 확실하게 가족의 내포를 드러내고 있어 주목이 된다.

> 지난해 고 자리에
> 지지난해 고 옷 입고
> 말도 못하고 까맣게 입술이 타
> 세 살에 죽은 동생,
> 민들레가
> 피었다
>
> 　　　　　　　　　　　　—「민들레」부분

　이 시에서 민들레의 이미지는 곧바로 "세 살에 죽은 동생"의 이미지와 맞물리고 있다. 따라서 이 시에서의 동생의 이미지와 민들레의 이미지 역시 병치은유를 형성하고 있다고 할 수 있다. 하지만 이제는 그도 자신의 삶을 객관화할 수 있을 만큼 나이가 들었고, 따라서 이런저런 지혜를 갖게 된 것이 사실이다. 이러한 지혜가 그로 하여금 이 시에 등장하는 가족들의 면면들에 대해, 특히 "주렁주렁 엄마가 된

그니"(「눈 쌓이는 날」)에 대해 넉넉한 연민과 사랑을 갖게 했지 않았겠는가.

물론 가난이 그의 가족들로 하여금 오랫동안 따뜻하고 편안한 삶을 살지 못하게 한 것은 분명하다. "마흔 넘어/몸을 버리신"(「베이징 낮달」) 어머니로 하여, 그로부터 점증된 가난으로 하여 그와 그의 형제들이 당했을 배고픔과 굶주림의 고통에 대해서는 따로 덧붙여 설명할 필요가 없다. 하지만 늘 낮달로 떠서 그와 그의 형제들을 지켜 보아온 것이 그의 어머니이다. 그와 그의 형제들은 "목말라 낮달을/목 빼어 바라보"며 "올망졸망 모여"(「섬은 섬들끼리」) 한 세상 살아올 수 있었을 것이다. 어머니의 내포를 갖는 낮달의 형상을 가슴 깊이 간직하고 있었기 때문에 그와 그의 어린 형제들이 지난 시대의 고통을 견뎌낼 수 있었으리라는 것이다.

물론 지난 시대에는 그와 그의 형제들만 "찬방에 헐벗은 살/서로 부비며 기다림으로"(「섬은 섬들끼리」) 살았던 것이 아니다. 일제의 억압적 지배, 느닷없는 해방과 분단, 곧바로 밀려온 6 · 25 전쟁 등으로 인해 우리 민족의 삶이 얼마나 황폐했었고 피폐했었는가에 대해서는 새삼스럽게 강조할 필요가 없다. 그의 이들 시에 담겨 있는 사적이고 개적인 가족체험이 우리 모두의 가족체험이 되어 보편적 울림과 감동으로 다가오는 것도 실제로는 이에서 기인한다. 따라서 사사로운 저 자신의 정서와 체험을 통해 당대를 살아온 사람들 일반의 정서와 체험을 드러내려고 하는 것이 그의 시적 전략이라고 할 수 있다.

    4

  조재훈의 시에서 '낮달'이나 '진달래', '민들레'의 이미지는 더러 모호하고 불투명한 내포를 갖기도 한다. 전후의 맥락을 살펴보더라도 쉽게 그 의미가 드러나지 않는 경우가 없지 않기 때문이다. 일찍 세상을 뜨신 어머니를 비롯한 가족 형상의 내포와는 얼마간 무관한 낮달의 이미지도 찾아볼 수 있다는 것이다. "삼킨 낮달 반쪽이/여기와 낮술에 떠돈다"(「無心川에서」), "무인도 머리 위에 떠도는 낮달처럼/나풀대는 머리칼"(「안개꽃」), "너에게서/나를 빼면/낮달이다/낮달에다 나를 보태면/바다다, 떠도는 섬이다."(「어느 계산」) 등이 그 예이다.

  그렇다고는 하더라도 그의 시에서 '낮달'이나 '진달래', '민들레'의 이미지가 매우 중요한 의미망을 형성하고 있는 것은 사실이다. 이들 이미지를 중심으로 시인 조재훈의 가족사를 재구성해온 지금까지의 논의를 돌아보더라도 이는 잘 알 수 있다. 물론 인간의 보편적 효용가치로 미루어 보면 '낮달'이나 '진달래', '민들레'의 이미지가 세상에서 어떤 특별한 역할을 하고 있는 것으로 생각되지는 않는다. 밤길을 가는 나그네의 등불도 되어 주지 못하고, 술래잡기하는 어린이들의 발걸음도 비추어 주지 못하는 것이 이들 이미지라는 것이다.

하지만 이들 이미지가 시인 조재훈이 겪어온 결핍과 훼손의 삶을 깊이 내포하고 있는 것은 사실이다. 그의 시에서 이들 이미지가 줄곧 모상실 의식 등 가족상실 의식과 연결되어 있는 것도 실제로는 이와 무관하지 않다. 매번 "한아름/보름달/옷고름 풀고"(「모래 위에 쓴 시―둘, 머언 불빛」)와 같은 흥성스러운 분위기를 보여주지는 못하는 것이 '낮달'이나 '진달래', '민들레의 이미지라는 것이다. 이러한 한계를 갖기는 하지만 그의 시에서 '낮달'이나 '진달래', '민들레의 이미지가 모상실 의식 등 가족상실 의식을 보여주고 있는 것은 사실이다.

가족(소가족)은 본래 근대의 산물이다. 근대 이전에는 사대부들을 포함한 상류층의 귀족들만 제대로 된 가족(대가족)을 구성할 수 있었다는 점을 기억할 필요가 있다. 중세의 하급계급들, 즉 농노나 노예계급에게는 가족을 구성할 수 있는 자유도 권리도 존재하지 않았다고 해도 과언이 아니다. 하지만 근대의 출발과 더불어 시작된 가족을 구성할 수 있는 인간의 보편적인 자유는 그다지 오래 계속될 것으로 보이지 않는다. 여성들의 경제적 능력이 향상되면서, 나아가 여성들의 자아가 신장되면서 남성 가부장을 중심으로 하는 가족의 의미와 가치가 형편없이 해체되고 파괴되고 있기 때문이다. 그것이 오늘의 근대, 그리고 내일의 근대 (후기 근대)가 갖는 삶의 현실이다. 이러한 시대에 가족이

지니고 있는 소중한 의미를 되묻고 있는 조재훈의 시들을
만나는 것은 더없이 기쁜 일이지 않을 수 없다. 인간이 꿈
꾸는 어떠한 공동체도 그것의 뿌리에는 가족이 자리해 있
을 수밖에 없기 때문이다.